D1735645

Lara Abderhalden
Felsenfest. Das Berggasthaus Tierwis

Lara Abderhalden

Felsenfest
Das Berggasthaus Tierwis

Appenzeller Verlag

Inhalt

Brigitte Schoop wirtet die 16. Saison im Berggasthaus Tierwis.

Prolog

Scheinbar aus dem Nichts taucht auf der Krete eine
Hütte auf. Sie steht so nahe am Abgrund, dass es wirkt,
als würde sie gleich in die Tiefe fallen und am Fusse des
Säntis auf der Schwägalp in viele einzelne Stücke bersten. Doch es ist, als würde der Alpstein sie zurückhalten
und vor dem Absturz bewahren. Die Karstlandschaft,
das Charrefeld, scheint wie mit versteinerten Pfoten
nach der Hütte zu greifen. Das Berggasthaus Tierwis

Die Tierwis, eingebettet zwischen
Grau- und Grenzchopf.

steht fest verankert im Sattel von Grau- und Grenzchopf zwischen den Kantonen St. Gallen und Appen-
zell Ausserrhoden. Obwohl Wind und Wetter ausgesetzt, lässt sich die Tierwis nicht beirren, nicht weg-
pusten, sondern schreibt stets neue Geschichten. Sie
führen vor Augen, welche Herausforderungen Bergwirtinnen und Bergwirte im Alpstein zu bewältigen
haben und wie die Gasthäuser die Jahre überdauern.

Saisonstart

Mitte Juni 2024. Weisse Flecken zieren den Alpstein. Ein regenintensiver, kalter Mai und ein nicht viel besserer Junianfang sorgen dafür, dass Schneeflächen liegen bleiben. Vier Meter hoch ist die Decke unterhalb des Säntis noch, wie ein gelb-schwarzer Pfahl nahe der Stütze 2 zeigt. Dort hat Brigitte Schoop die Kabine der Säntisbahn gerade zum Erstaunen einzelner Fahrgäste über ein Podest verlassen. Nun schlittert die Wirtin in Bergschuhen über den nassen Schnee abwärts in Richtung ihres Berggasthauses Tierwis. Der Lauch, der aus ihrem Rucksack ragt, wippt hin und her. «Vorsicht», ruft sie einem Wanderer zu. «Geh nicht zu nahe an die Felsen heran, dort befinden sich Schneebrücken.» Ohne weitere Erklärung saust die 55-Jährige weiter. Es sieht aus, als hätte sie beim Skifahren die Ski verloren und würde nun die Piste hinunterjagen, um diese einzufangen. Nach einer Weile verlässt sie das Schneefeld, weil der Wanderweg auf den Felsen weiterführt. Am Wegrand entdeckt sie erneut mehrere Schneebrücken. Diese entstehen, wenn die Sonne den Felsen erwärmt und der Schnee von unten schmilzt. Brigitte – in den Bergen ist das Du üblich – tritt dagegen, sofort bricht die Schneedecke in sich zusammen. Befindet sich darunter ein Karstloch, kann ein Sturz tief und lebensgefährlich sein.

Im Juni liegt auf dem Weg zur Tierwis noch Schnee.

Bis vergangene Woche fuhr die Wirtin bei schönem Wetter mit den Ski von der Stütze 2 zur Tierwis. Mehrere Gruppen hatten über die Wochenenden Übernachtungen im Berggasthaus gebucht. Seit rund fünf Jahren werden Schnee- und Eiskurse des Schweizer Alpen-Clubs (SAC) rund um den Säntis durchgeführt, da sich das Gebiet gut für diese Art von Kursen eignet. Die Kursteilnehmenden übernachten jeweils in der Tierwis. Manchmal muss Brigitte die Strecke zwischen Tierwis und Stütze 2 in dichtestem Nebel auf Ski meistern. Bei schlechter Sicht folgt sie Spuren, die sie oder Gruppen zuvor hinterlassen haben. Kann sie nicht einmal die Hand vor dem Gesicht erkennen, hat sie schon kehrt gemacht, ist der Gondel bei Stütze 2 wieder zugestiegen und hat im Tal bessere Verhältnisse abgewartet.

Die Saison startet für Brigitte Anfang April, wenn sie zusammen mit einer Freundin im Berggasthaus vorbeischaut. Dabei steigt sie durch einen schmalen Schacht in den Wassertank, putzt ihn heraus und stösst den Stöpsel hinein. So kann sich bereits Regenwasser im Tank sammeln. Bei ihrem ersten Besuch findet sie die Hütte immer in einem ähnlichen Zustand vor: Rund ein Meter hoch ist die Schneeschicht vor der Eingangstür, und bei der Holzscheune reicht sie bis zum Dach. Ab Anfang Mai hütet Brigitte das Berggasthaus wochenendweise für die erwähnten Kurse. Ende Juni, Anfang Juli zieht sie von ihrem Haus in Urnäsch auf die 2085 Meter hoch gelegene Tierwis um und bleibt dort bis Mitte Oktober, ohne dabei einen einzigen Ruhetag einzulegen.

Hanspeter Schoop begutachtet mit einem
Mechaniker die kaputte Materialseilbahn.

An diesem Dienstag Mitte Juni, noch vor offizi-
ellem Saisonauftakt, steht ein Warentransport per
Helikopter auf dem Programm. Mehrere Säcke Material und Getränke sollen von der Schwägalp hoch-
geflogen werden. Normalerweise erledigt die Transportseilbahn der Tierwis diese Aufgabe. Diesen
Winter hat jedoch die Last des Schnees die Abspan-
nung bei der Talstation und den Seilschuh auf der

Stütze zerstört, sodass die Seilbahn nicht zur Verfügung steht. Als Brigitte auf der Tierwis eintrifft, herrscht bereits emsiges Treiben. Ehemann Hanspeter Schoop arbeitet zusammen mit einem Mechaniker an der kaputten Bahn. Neffe Lars Lusti hat soeben begonnen, Tische und Bänke zur Seite zu schieben, um Platz für die erwartete Lieferung zu schaffen. Thomas Diethelm, ein Freund der Familie, hilft ihm dabei.

Maurus Schoop, der zweitjüngste Sohn, ist auf dem Weg. Er steigt mit Hüttengehilfe Clemens Eigenmann von der Schwägalp aus hoch. Zwischen Schwägalp und Tierwis liegen noch Schneefelder. Freiwillige Helfer haben am vergangenen Wochenende mit Schaufeln einen Pfad markiert. Das sei keine ungefährliche Aufgabe, sagt Brigitte. «Die Männer tun das freiwillig, um die Sicherheit zu erhöhen. Wenn die Schneefelder hart und eisig sind, werden sie glatt und bilden gefährliche Absturzstellen. Es hat so schon tödliche Unfälle gegeben.»

Nicht lange nach Ankunft der Wirtin sind Maurus und Clemens auf dem Bergweg auszumachen. Von der Terrasse der Tierwis kann der letzte Teil des Pfads überschaut werden. Die Hausherrin kocht Kaffee für alle und verteilt Snacks, als ihr Telefon klingelt. Kurz darauf ist Rotorenlärm zu hören. «Der Heli kommt!», ruft sie. «Sind alle bereit?» Die Helfenden bringen sich in Stellung.

Ein alter VW-Motor war bis anhin für den Antrieb der Materialseilbahn verantwortlich.

← Der Helikopter bringt die erste Ladung
  Material von der Schwägalp zur Tierwis.

↑ Lars Lusti und ein Flughelfer nehmen die
  Waren entgegen.

← Das Entladen muss schnell gehen, jede
Flugminute kostet Geld.

↑ Maurus Schoop nimmt die Harasse durch
das Fenster entgegen.

Lars und ein Flughelfer platzieren sich auf der
Terrasse, richten zwei Säcke mit leeren Flaschen und
Abfällen, die ins Tal müssen. Drei Personen stehen
hinter den geöffneten Fenstern im Gasthaus. Sie
nehmen das Material entgegen und bringen es in
den Keller, wo sich das Lager befindet. Dort wuselt
Brigitte herum und räumt die Getränke ein. Alles
muss schnell gehen, denn Flüge sind teuer. 44 Franken kostet eine Flugminute. Deshalb möchten alle
Anwesenden, dass der Helikopter so kurz wie mög-
lich in der Luft warten muss. Der Flughelfer greift

Saisonhelfer Clemens Eigenmann trägt die
angelieferten Flaschen in den Keller.

nach der ersten Ladung, löst sie vom Seil und hängt
den Abfallsack daran.

Der Helikopter taucht Richtung Schwägalp ab,
um die nächste Fuhre zu holen. Schnell heben Lars
und der Flughelfer Harass um Harass aus dem Bün-
del und reichen diese durch das Fenster. Maurus,

Clemens und Thomas eilen damit in den Keller. Innerhalb weniger Minuten ist der riesige Plastik-
beutel geleert, und der Helikopter steigt bereits mit
der nächsten Lieferung über die Krete. Ungefähr
eine Stunde dauert der Flugtransport. Wiederum
eine Stunde später sind alle Flaschen und Mate-
rialien im Keller verstaut. Die Arme baumeln
lahm neben dem Körper, die T-Shirts tropfen vor
Schweiss, und die Flasche Most frisch ab Heli für
alle Anwesenden ist verdient. Der Mechaniker, Clemens und Lars dürfen mit dem Helikopter zurück
zur Schwägalp fliegen.

Thomas wandert hinunter. Brigitte und Hanspeter, der von allen Hampi genannt wird, nehmen
die Bahn ab Stütze 2 zurück ins Tal. Maurus bleibt
noch eine Weile oben. Er setzt sich auf den kleinen
Hügel neben der Hütte und ist noch lange auf der
Krete zu erkennen. Er geniesst die Ruhe in den Bergen, möchte, wie sein Vater und sein älterer Bruder
Kostas, einmal Bergführer werden.

Brigitte und Hanspeter haben sich im Februar
1997 beim Skifahren im Toggenburg kennengelernt.
Beide arbeiteten damals in der Skischule. Brigitte ist
als geborene Sutter in Alt St. Johann aufgewachsen,
Hanspeter stammt aus Urnäsch.

Im Jahr 2000 stieg der gelernte Drucker in den
Betrieb seines Vaters in Arbon ein und übernahm
die Druckerei 2004. Er und Brigitte zügelten darauf-
hin an den Bodensee. Doch die Tätigkeit als Ge-
schäftsleiter behagte ihm nicht, weshalb er sich im
Herbst 2006 von der Firma verabschiedete. Nach

Der Mechaniker darf mit dem Helikopter
zurück ins Tal fliegen.

Hanspeter Schoop blickt von der
Tierwis aus Richtung Grenzchopf.

einigen Jahren in der Säntisprint AG in Urnäsch en-
gagierte er sich in der Institution Hölzli in Hundwil,
bis er ab 2012 ganz auf sein zweites Standbein als
Bergführer setzte. Der 59-Jährige hatte bereits 1992
die Bergführerprüfung abgeschlossen. Vor der Zeit
in Arbon arbeitete er fünf Jahre Vollzeit als Bergfüh-

Brigitte und Hanspeter Schoop
steigen der Bahn auf Stütze 2 zu.

rer, während er in der Druckerei tätig war, nur noch
teilweise. Weil sein Elternhaus im Juli 2003 frei
wurde, zog es die Familie von Arbon nach Urnäsch.
Eines Tages im Sommer 2008 entdeckte Hanspeter
ein Inserat. Die Besitzerin der Tierwis, die Säntisbau
AG, suchte nach neuen Pächterinnen und Pächtern

für das Berggasthaus. Das damalige Wirtepaar, Marianne und Heiner Keimer, wollte nach über 30 Jahren altershalber aufhören. Das wusste Hanspeter bereits, da Heiner Keimer im selben Dorf wohnt, ebenfalls Bergführer ist und er ihn deshalb kannte. Hanspeter war sofort begeistert von der Idee, das Gasthaus zu übernehmen, und Brigitte liess sich anstecken. Sie sagte, er solle sich bewerben, und glaubte gleichzeitig nicht daran, dass sie, beide ohne jegliche Erfahrung, den Zuschlag erhalten würden. Doch sie konnten sich durchsetzen. Im Herbst 2008 entschied sich die Besitzerfirma für das Paar. Ein paar Tage später liess sich Brigitte das erste Mal von der Vorgängerin durch die Hütte führen und hatte dabei ein gutes Gefühl.

Brigitte und Hanspeter Schoop haben sich vor 27 Jahren im Toggenburg kennengelernt.

Ursprung der Berggasthäuser im Alpstein

Die Geschichte der Tierwis ist im Vergleich zu anderen bekannten Wirtschaften im Alpstein noch jung. Auf der Alp Bollenwees wurden bereits um 1800 Gäste in einer Sennhütte bewirtet, wie in der Chronik des Bergwirtevereins Alpstein zu lesen ist. Dem Verein gehören alle 24 Berggasthäuser im Alpstein an (Stand Juli 2024). Die Gasthäuser Äscher und Staubern wurden ab dem 19. Jahrhundert betrieben.

Die Gäste stammten meist aus den Kurorten in der Region. 1860 wurde auf dem Äscher das heutige Gebäude errichtet. 1846 entstand auf dem Säntis der erste Vorgänger des Gasthauses Alter Säntis: eine Steinhütte von Jakob Dörig, genannt Schribersjock, erbaut. Bis 1933 der Bau der Säntisbahn begann, brachten die sogenannten Säntisträger Lasten von rund 30 Kilogramm von Wasserauen zum Wirt auf den Säntis. Pro Last erhielten sie im Winter 60 und im Sommer 20 Rappen als Entschädigung.

↖ Das Gasthaus Äscher wird seit dem
19. Jahrhundert betrieben.

← Bevor die Bahn auf den Säntisgipfel
↙ gebaut wurde, entstand der erste
Vorgänger des Gasthauses Alter Säntis.

Zwischen 1850 und 1861 wurden weitere Gasthäuser im Kaubad, auf dem Ruhsitz, der Meglisalp und der Ebenalp gebaut, bis 1873 die Tierwis dazukam. Damals allerdings noch nicht als Berggasthaus.

Ursprünglich wurde sie als Schutzhütte «Zur Tierwis» gebaut. Früheren Protokollen, die in der Hütte lagern, ist zu entnehmen, dass Mitglieder der SAC-Sektionen Toggenburg und Säntis 1872 den Antrag stellten, einen Weg von der Schwägalp zum Säntisgipfel zu ebnen. Dieser sollte über die Mausfalle (Einstieg in die Säntisfelswand) und den Fliessbordsattel (Tierwis) auf den Gipfel führen. Die Sektionen stimmten dem Antrag zu, und noch im selben Jahr begannen die Sektionsmitglieder mit den Bauarbeiten. Dabei übernachteten sie in Zelten ungefähr dort, wo heute die Stütze 1 der Säntisbahn steht. Eines Tages wurden die Zelte aufgeschlitzt und der gesamte Inhalt, vor allem Werkzeug, gestohlen. Beide Sektionen sahen es nach diesen Vorfällen als Notwendigkeit, eine Schutzhütte für Säntisbesteigende und Bauarbeiter zu erstellen. So wurde der Bau der Hütte beschlossen, und bereits 1873 stand eine einfache SAC-Hütte mit soliden Seitenmauern und einem Schindeldach. Im Innern befanden sich eine Feuerstelle, Tische, Bänke und ein Heulager für acht Personen. Obwohl der Bau auf dem Fliessbordsattel stand, erhielt er den Namen «Zur Tierwis», weil diese gleich nebenan Richtung Grenzchopf liegt.

Die Schutzhütte neben dem Berggasthaus steht bereits seit 1873.

↑ In den Jahren 1902 bis 1903 entstanden das Berggasthaus Tierwis und die Materialseilbahn.

← 1935 wurde die Säntis Schwebebahn eröffnet.
1972 entstand auf dem Gipfel ein neues, dreizehn
Stockwerke umfassendes Mehrzweckgebäude.

In den darauffolgenden Jahren kamen weitere
Gasthäuser im Alpstein hinzu, darunter jenes auf
dem Kronberg im Jahr 1878 und das Berggasthaus
Seealpsee 1881. Das Clubhaus auf der Tierwis diente
zu diesem Zeitpunkt noch als Schutzunterkunft.
Weil diese aber immer häufiger besucht wurde,
drängte sich 1879 die Frage nach einem Hüttenwart
auf. Im selben Jahr betrauten die SAC-Sektionen die
Familie Looser aus Ennetbühl mit der Wartung.
Zwölf Jahre später genügte die kleine, einfache
Schlafstelle den Ansprüchen nicht mehr und musste renoviert werden. 1898 kam erstmals die Idee einer Wirtschaft auf. Die Familie Looser trat in jenem
Jahr zurück, woraufhin Johannes Zimmermann,
damaliger Wirt des Gasthauses Chräzerli unterhalb
der Schwägalp, sich der Tierwis annahm. Sein An-

trag, den Unterschlupf zu einem Gasthaus auszubauen, wurde von den SAC-Sektionen gutgeheissen. In den folgenden Jahren wurde eine Transportseilbahn von der Schwägalp auf die Tierwis realisiert. Sie gilt als eine der ältesten Seilbahnen Europas. Mithilfe dieser Bahn kurbelten die Bauarbeiter von Hand Material vom Tal auf den Berg. Um die Bahn einmal bis zur Hütte zu ziehen, benötigten vier Personen zwei Stunden. Neben der bereits bestehenden Clubhütte richteten die Bauarbeiter drei weitere Gebäude auf: ein Haupthaus mit Wirtschaft, ein Lager und eine Hütte für die Bahn. 1904, nachdem das Berggasthaus fertiggestellt war, verkauften die Sektionen die Tierwis nach zähen Verhandlungen an Johannes Zimmermann. Dieser vermachte sie 1908 seinem Sohn Huldreich.

1911 begann unter anderem das Gasthaus Plattenbödeli, Gäste zu empfangen, und 1913 liess der damalige Äscherwirt Franz Dörig auf dem Schäfler ein Gasthaus bauen. Auf der Tierwis wiederum wurde 1920 ein Dieselgenerator eingerichtet, der erstmals elektrisches Licht erzeugte. 1922 verkaufte Huldreich Zimmermann die Tierwis an Johann Dähler, der sechs Jahre später bei einem Kontrollgang unterhalb des Gasthauses tödlich verunglückte. Das Berggasthaus wurde zuerst von seiner Frau und deren Tochter Hedwig Dähler weitergeführt, dann von deren Ehemann Kurt Bosshardt.

1935 feierte die neue Säntis Schwebebahn Eröffnung. Rund um dieses Jahr entstanden weitere Berggasthäuser auf dem Rotsteinpass und dem Mesmer.

Im Jahr 1934 wurde das Berggasthaus Rotsteinpass gebaut.

Die Tierwis blieb bis 1977 im Besitz der Familie Bosshardt-Dähler und wurde dann an die Säntisbau AG in Urnäsch verkauft. Heiner und Marianne Keimer pachteten die Tierwis 30 Jahre lang, die Schoops kauften sie schliesslich der Säntisbau AG ab.

Als die Familie die Tierwis 2009 übernahm, waren ihre Kinder vier, neun, elf und dreizehn Jahre alt. Brigitte wurde im selben Herbst zur technischen

Die Silberplatten, in der Nähe der Tierwis, sind in der Kletterszene für mehrere Kletterrouten durch die Südwand bekannt.

Leiterin des Skilifts Urnäsch gewählt. Es kam viel auf sie zu. Nach einer kurzen Einführung im Herbst fuhr sie mit Ehemann Hanspeter in den Wintermonaten erneut für einen Augenschein zur Hütte, dieses Mal mit Ski. In der Zwischenzeit war eingebrochen worden. Unbekannte hatten einen Fensterladen aufgebrochen, eine Scheibe zerschlagen und in der Tierwis übernachtet. Die Scheibe mussten sie

Brigitte Schoop musste sich daran gewöhnen,
für viele Menschen zu kochen.

reparieren lassen. Im Mai 2009 konnten sie schliesslich die ersten Gäste begrüssen, und im Sommer
zogen sie mit Kindern und Katzen hinauf. «Die ersten Monate waren brutal», erinnert sich die vierfa-
che Mutter. Ende Saison sei ihr Kopf voll und sie

nicht mehr aufnahmefähig gewesen. Die Tage schienen endlos. Sie musste sich das Kochen, Servieren, Beherbergen beibringen. «Als ich das erste Mal Spaghetti für 60 Personen zubereitete, stand ich vor dem grossen Topf in der kleinen Küche und fragte mich, wie ich das Kochwasser nun ableere.» Zwar hätte die frischgebackene Wirtin Hilfe ihrer Vorgänger in Anspruch nehmen können, wollte aber lieber ihren eigenen Weg finden.

Hanspeter arbeitete zu dieser Zeit im Tal, deshalb war sie mehrheitlich allein oder wurde höchstens von einer Hilfskraft unterstützt. Die Kinder mussten zur Schule. Vater Hanspeter stand meist mit ihnen um fünf Uhr morgens auf, stieg mit den älteren dreien zur Schwägalp ab und brachte sie mit dem Auto nach Urnäsch. Elias Schoop, der Jüngste, spazierte etwas später zur Stütze 2, fuhr mit der Bahn ins Tal und gelangte von dort in den Kindergarten. Anfänglich begleitete Brigitte Elias bis zur Stütze, bald wollte er jedoch allein gehen. Einige Gäste machten ihr damals ein schlechtes Gewissen, sie sorgten sich um das Kind, dabei war es für Elias das Grösste, selbstständig mit der Seilbahn ins Tal zu fahren. Einmal durfte der Jüngste der Familie gar mit der Rega zurück zur Hütte fliegen. Die Rega hatte an diesem Tag einen Spendentag auf der Schwägalp, an dem Hanspeter im Einsatz war. Elias schaute sich den Helikopter an, da fragten ihn die Piloten, ob er mit zur Tierwis fliegen wolle. Der Helikopter flog einen Umweg über die Silberplatten, bevor er neben der Tierwis landete.

Betrieb auf
2085 Metern über Meer

Ende Juli 2024. Es liegt noch immer Schnee zwischen Tierwis und Stütze 2. Der Wanderweg von der Schwägalp zur Hütte ist allerdings freigelegt. Säntis und Grauchopf verbergen sich hinter Wolken. Manchmal taucht am Horizont die Tierwis mit ihrer blauen, länglichen Fahne auf, aber so schnell sie erschienen ist, verschlingen die Wolken sie wieder. Nur wenige Wandernde sind an jenem Nachmittag unterwegs Richtung Gipfel. Eine Handvoll pausiert auf der Terrasse der Tierwis.

Während Tierwis und Säntis im Nebel liegen, zeigt sich über dem Appenzeller Hinterland die Sonne.

Brigitte serviert gerade eine dampfende Gemüsesuppe und Rösti mit Käse und Speck. Die Wolken verziehen sich für kurze Zeit und die Fahne an der Stange wird sichtbar. Ein Gast sucht das Gespräch mit der Wirtin: «Wir haben eine Frage. Wie weit ist es noch bis auf den Säntis?» Eine Frage, die Brigitte oft gestellt wird. – «Ungefähr gleich weit, wie von der Schwägalp bis hierher», antwortet sie. «Das Gelände ist weiterhin steil, und im mittleren Teil liegt noch Schnee.» Sie rät den Gästen, nicht am Rand des

← Wenn Gäste Getränke konsumieren,
akzeptiert Brigitte Schoop, dass
sie ihr mitgebrachtes Picknick verzehren.

↓ Die Wirtin heizt Ofen und Kochherd
mit Holzbriketts ein.

Schneefelds zu wandern, um Schneebrücken zu meiden. Ob es nochmals schöner werde, will der Mann wissen. Die Entwicklung des Wetters sei hier oben schwer abzuschätzen. Sie hoffe es, erwidert Brigitte. Die Wirtin versucht stets freundlich zu sein, berät Gäste gern, kommt immer wieder mit ihnen ins Gespräch. Sie findet auch dann nette Worte, wenn Gruppen ihre Tische als Picknickplatz missbrauchen. In einem Sommer seien alle Bänke auf der Terrasse belegt gewesen. Da habe ein Mann auf seinem Platz zuvorderst am Geländer seinen Gaskocher ausgepackt und begonnen, für sich zu kochen. Auch schon sei sie am Morgen aufgestanden und Gäste seien bereits in der Hütte gesessen. «Die haben dort ihr eigenes Picknick eingenommen. Aber solange die Leute etwas bei mir konsumieren, dürfen sie draussen ihr Sandwich essen, ansonsten sage ich ihnen, dass die Plätze für zahlende Kundschaft reserviert seien.»

Clemens, Brigittes Gehilfe in diesem Sommer, hat zwei Tage frei. Unterstützung bekommt die Wirtin von ihrem jüngsten Sohn Elias, der zwei Wochen seiner Ferien auf der Hütte verbringt. Er trifft gerade schwer beladen ein. Auf dem Rücken ein Tragräf mit zwei Kisten. «Elias hat Holzbriketts mit der Säntisbahn zur Stütze 2 transportiert und hinuntergetragen», erklärt Brigitte. Sechs Kisten. Zwei sind nun hier, die restlichen vier werden an einem der kommenden Tage geholt. Elias schwitzt. «Zwölf Kilogramm wiegt eine Kiste», sagt er und bringt die Briketts in die Küche. Den Ofen, der sowohl als Koch-

↑↑ Eines der Doppelzimmer im Haupthaus.

↑ Elias Schoop, der jüngste Sohn, hilft immer wieder
in der Tierwis aus.

Brigitte Schoop bestellt je nach
Bedarf im Tal Lebensmittel.

herd als auch als einzige Wärmequelle des Hauses
dient, heizt die Familie Schoop mit Holz. Am Morgen feuert die Wirtin ein und nutzt die heisse Platte
den ganzen Tag über zum Kochen.

Für Brigitte ist das Kochen mit Holz nichts Neues. Auch in Urnäsch besitzt die Familie einen Holzherd. Elias verschwindet im Obergeschoss. Dort
befinden sich die Kammer der Jungs, das Zimmer
von Brigitte und Hanspeter sowie ein Doppelzimmer, ein Massenlager und das Zimmer des Gehilfen.

Weitere Übernachtungsplätze hat es im Nebengebäude, in dem auch Wassertanks, Waschmaschine und Waschraum untergebracht sind, sowie in der ehemaligen Schutzhütte. Insgesamt bietet die Tierwis 50 Schlafplätze an. Elias und seine Brüder nutzten die Massenschläge oft für Kissenschlachten.

Hinter dem Nebengebäude steht die Bergstation der Materialseilbahn, die von einem alten VW-Motor angetrieben wird. An der Wand des Schopfs hängt noch die Kurbel, mit der früher vier Personen in zwei Stunden die Fracht nach oben gezogen haben. Die heutige Bahn hinunterzulassen, zu beladen und wieder hochzufahren dauert etwa eine halbe Stunde. Der Mechaniker konnte in der Zwischenzeit die kaputte Bahn provisorisch reparieren. Allerdings hat sie während der letzten Fahrt derart stark geschaukelt, dass Brigitte sich nicht mehr traut, Waren zu transportieren. Anfang September werden neue Stützen betoniert und die neue Bahn installiert. Bis es so weit ist, engagiert die 55-Jährige Söhne oder Bekannte, um Lebensmittel und Verbrauchsmaterial vom Tal auf den Berg zu bringen. Brigitte macht keine Bestandesaufnahmen. Sie bestellt je nach Bedarf im Tal, geht selbst einkaufen oder schickt jemanden. Oft rufen Bekannte an, bevor sie zu Besuch kommen, und fragen, ob sie noch etwas mitbringen können.

Brigitte setzt bei den Lebensmitteln auf lokale Produkte, kauft den Käse auf der Schwägalp, in Urnäsch und im Toggenburg und geht dort in die Metzgerei oder Bäckerei. Ziel ist es, in der Tierwis Speisen

und Getränke zu verkaufen, die aus jenen Regionen stammen, die vom Berggasthaus aus zu sehen sind. Konfitüre kocht sie selbst ein. Wenn sie dazu kommt, backt sie Brot, und jeden Tag bietet sie einen selbst gemachten Zimt- oder Schlorzifladen an. Heute hat sie zudem einen Aprikosen-Nektarinen-Kuchen zubereitet.

Allmählich leert sich die Hütte. Am späten Nachmittag kehren nur noch wenige Wandernde ein, da viele noch die Bahn vom Säntis zurück ins Tal erreichen wollen. Die letzte fährt um 18 Uhr. Kurz nach 17 Uhr stürmt ein Wanderer in die Hütte, schweissnass. Er fragt, wie weit der Weg zum Gipfel noch sei. Brigitte rät ihm, bei der Stütze 2 einzusteigen, dahin dauere der Fussmarsch rund eine halbe Stunde. Viele wissen nicht, dass die Stütze 2 eine Zwischenstation mit Halt auf Verlangen ist. Eine Treppe führt vom Wanderweg die Stütze hoch zur Einstiegsplattform. Der Mann verschwindet genauso schnell, wie er gekommen ist und macht einer Frau aus Deutschland Platz. Sie hat eine Übernachtung in der Tierwis gebucht, verbringt mehrere Tage im Alpstein und schläft in verschiedenen Berggasthäusern.

Ein Aprikosen-Nektarinen-Kuchen
ergänzt das Dessert-Angebot.

Zusammenarbeit statt Konkurrenz

Die Tierwis profitiert von den anderen Gasthäusern im Alpstein. Es besteht eine enge Zusammenarbeit. Diese Kooperation hat ihren Ursprung in der Gründung des Bergwirtevereins im Jahr 1942. Er wurde hauptsächlich ins Leben gerufen, um Wege zu erstellen und zu unterhalten, aber auch um die Kameradschaft zu fördern und gemeinsam Werbung zu betreiben. Sinn und Zweck des Vereins ist heute noch der gleiche wie vor über 80 Jahren. Die Berggasthäuser treten in Inseraten und Werbekampagnen zusammen auf. Sie organisieren Vereinszusammenkünfte und Auftritte an Anlässen. Die Wanderwege im Alpstein liegen mittlerweile zwar im Verantwortungsbereich der Gemeinden und Bezirke, doch die Gasthausbetreibenden investieren viel Zeit in deren Instandsetzung. Gemäss Thomas Manser, Präsident des Bergwirtevereins und Pächter des Berggasthauses Bollenwees am Fählensee, leisten Wirtsleute und Bahnmitarbeitende bis zu 1300 Fronstunden pro Jahr, um die Wanderwege instand zu halten.

Es sei im Sinne der Betriebe, dass Gäste kommen und die Zugänge nicht gefährlich sind, – und ihr Beitrag an die Bergwelt. «Diese Art von Zusammenarbeit ist in der Region einzigartig.», sagt der

Die Bergwirte und Bergwirtinnen helfen beim Unterhalt der Wanderwege.

Die Liebe zum Alpstein verbindet
die Bergwirtinnen und -wirte.

Vereinspräsident. «Wir begegnen uns mit Respekt und Toleranz, konkurrenzieren uns nicht, sondern pflegen ein kollegiales Verhältnis.» Es sei schon vorgekommen, dass Tourismusregionen nach dem Konzept des Bergwirtevereins gefragt haben, weil sie dieses adaptieren wollen. Der Bollenwees-Wirt hat darauf geantwortet, es gebe keine Regeln auf Papier. «Das Konzept ist verankert. Es gibt kein Merkblatt, das heruntergeladen werden kann. Wir leben das Miteinander. Was uns ausmacht, ist viel Herzblut für den Alpstein und die Region.»

Als Thomas vor neun Jahren das Präsidium übernahm, zählte der Bergwirteverein 28 Mitglieder. Vier Betriebe, die «Warth», die «Krone» Brülisau, das Hotel Kaubad und das Bahnhofbuffet Wasserauen, sind mittlerweile geschlossen. Grundsätzlich stehen die 24 verbliebenen Gasthäuser wirtschaftlich gut da. «Jedes hat seine kleinen Probleme, aber im Grossen und Ganzen läuft das Geschäft rund.» Zum Beispiel haben mehrere Gasthäuser in den letzten Jahren Investitionen getätigt. Das Berggasthaus Bollenwees verbesserte 2010 die Infrastruktur und passte sie den Gästeansprüchen an. Die Zimmer und sanitären Anlagen wurden ausgebaut und die Küche modernisiert. Die Meglisalp riss 2020 den Altbau praktisch komplett ab und stellte in nur einem Jahr ein neues Gebäude auf. Nun gibt es auf der Meglisalp mehr Zimmer und Familienzimmer sowie weniger Massenlager. 130 Schlafplätze stehen zur Verfügung.

Brigitte Schoop stellt jeweils eine Saison-
hilfskraft ein. Zudem helfen ihre Söhne immer
wieder aus, wie hier Elias Schoop.

Jedes Berggasthaus verkauft
im Alpstein gereiften Whisky.

Dass die Berggasthäuser Zukunft haben, zeigen auch gelungene Nachfolgeregelungen. Die Wirtsleute bekunden kaum Mühe, eine Nachfolge zu finden, die den Betrieb fortführen will. Auf dem Mesmer haben dieses Jahr Marco Hehli und seine Frau Saskia den Betrieb übernommen; seine Eltern, Bruno und Monika Hehli, haben das Berggasthaus zuvor 30 Jahre bewirtschaftet. Und das Gasthaus auf dem Rotsteinpass wird bereits in vierter Generation von Anita und Albert Wyss-Rusch geführt.

Über schwierige Zeiten spricht der Präsident in Bezug auf die Währungskrisen. In den guten Jahren erhielten die Gäste aus dem Euroraum für 1 Euro 1.60 Franken. Heute ist es noch knapp 1 Franken. Diese Entwicklung wirkt sich negativ auf Gäste aus dem Ausland aus, für die Ausflüge und Ferien im Alpstein teurer geworden sind, umgekehrt bleibt das nahe Ausland für Schweizer Gäste lukrativ. Eine weitere Herausforderung für Bergbetriebe stellt die Suche nach Mitarbeitenden dar. Gemeinsam liessen sich aber meistens Lösungen finden. Für die Rekrutierung von Angestellten hat der Verein einen Mitarbeiterpool eingerichtet. Fehlt es einem Betrieb an Angestellten, kann der Wirt oder die Wirtin sich auf der Seite umschauen und gelangt so möglicherweise zu einer Hilfskraft. Auch Brigitte hat so schon einen Saisonhelfer gefunden.

Der Whiskytrek und der Alpsteinpass gehören zu den beiden beliebtesten Marketingprojekten des Bergwirtevereins, die regen Anklang bei Wandernden finden. Jedes der 24 Gasthäuser bunkert ein

Fass mit eigenem Whisky. Interessierte können eine kleine Flasche Schnaps kaufen. Wer alle Fläschchen erworben hat, erhält einen speziellen Gurt, in den die Whiskyfläschchen gesteckt werden können.

Der Alpsteinpass ist eine digitale Stempelkarte. Wer innerhalb einer Saison alle Berggasthäuser besucht hat, erhält ein Geschenk in Form eines T-Shirts oder eines Rucksacks. Einzelnen Personen ist es sogar gelungen, alle 24 Gasthäuser in nur 24 Stunden abzuklappern.

An Touristen fehlt es dem Alpstein nicht. Allein den Säntis besuchten gemäss Geschäftsbericht der Säntis-Schwebebahn AG im Jahr 2023 rund 367 400 Personen mit der Bahn. Hinzu kommen Wandernde, die zu Fuss auf den Gipfel gelangten. Die Region als überlaufen bezeichnen will der Bergwirtepräsident jedoch nicht. Das Freizeitverhalten habe sich zwar verändert, mehr Menschen seien in der Höhe unterwegs. Bei schlechten Wetterbedingungen jedoch zeige sich der Alpstein manchmal menschenleer.

Bei schlechten Wetterverhältnissen halten sich kaum Menschen im Alpstein auf.

Emotionale Begegnung

Die Stille im Alpstein gehört zu Brigittes Alltag. Nicht selten verweilt sie mehrere Tage allein in der Hütte. «Viele haben eine solche Ruhe noch nie erlebt und können damit nicht umgehen. Ich geniesse es, wenn niemand spricht, kein Mensch auftaucht und fürchte mich nicht davor.» Früher, als die Kinder noch klein waren und ohnehin viel Trubel herrschte, sehnte sie sich manchmal Momente des Alleinseins herbei. «Ich achte auf andere Geräusche, denen ich mir vorher nicht bewusst war. Naturgeräusche oder Wetterphänomene.»

Die Gastgeberin mag kalte, trübe Tage, nimmt es an, Stürmen und Gewittern ausgesetzt zu sein. Lässt das Wetter zu wünschen übrig, nutzt sie den Tag, um auf den Säntis zu steigen. Dann, wenn andere die Berge meiden, ist sie am liebsten unterwegs. Oft eignen sich solche Tage auch, um aufzuarbeiten, was an schönen Wochenenden mit vielen Gästen liegen bleibt, aufzuräumen, die Zimmer für neue Gäste zu richten. Wenn einmal alle Arbeit erledigt ist, sind die Lismete oder ein Buch griffbereit. Bei heftigen Gewittern bleibt die Wirtin am Morgen gern länger im Bett, kostet es aus, nicht bereits um sechs Uhr aufstehen zu müssen. Sie würde sich nicht als Morgenmenschen bezeichnen, deshalb ist es für sie

Brigitte Schoop geniesst
Momente der Stille.

An Tagen mit wenig Gästen bleibt der
Wirtin Zeit für Hausarbeiten.

schwer nachzuvollziehen, wie Menschen bereits um
sechs Uhr in der Hütte stehen können und einen
Kaffee bestellen wollen. «Wann verlassen diese Leute das Haus? Sie müssen ja erst auf die Schwägalp
fahren und dann noch die eineinhalb Stunden zur
Tierwis hochgehen.» Ganz allein in der Hütte, dreht
die Wirtin die Musik auf. Einmal sei sie von einer
Maus beobachtet worden, während sie tanzend und
singend den Staubsauger durch die Gastwirtschaft
schob.

Der Gast aus Deutschland hat das einzige Doppelzimmer des Hauses bezogen. Die Frau steigt die

knarrende Treppe mit den kurzen Stufen herunter, muss den Kopf einziehen. «Wo ist hier die Dusche?», fragt sie. Brigitte lächelt. «Wir haben keine Dusche, aber einen Waschraum.» Das Wasser, das in zwei Regentanks gesammelt wird, reicht nicht zum Duschen. Zudem würde das Erhitzen des Wassers zusätzlichen Strom erfordern, doch die Solarpanels auf dem Dach produzieren gerade genug, um Licht in der Hütte zu erzeugen. Am Abend verteilt Brigitte Kerzen auf den Tischen. Viele Gäste wünschen kein zusätzliches Licht, weil sie das Ambiente im Kerzenschein geniessen. Der Geschirrspüler und die Waschmaschine werden mithilfe von Generatoren betrieben. Um das Regenwasser zum Kochen und Trinken verwenden zu können, verfügt die Tierwis über eine Wasseraufbereitungsanlage. Duschen mit Brause, dieser Luxus bleibt der Familie Schoop verwehrt. Dafür geniesst sie Freiluftduschen mit einem Eimer Wasser. Für Brigitte die schönste und höchste Form des Duschens.

Auch die Kinder wuschen sich immer gern draussen. Für sie war die Tierwis ein Paradies. Elias, Maurus, Remo und Kostas erforschten Höhlen, von denen es in der Karstlandschaft gleich ein paar gibt. Und sie gaben diesen passende Namen wie Eis- oder Telefonhöhle. Letzteres, weil die 20 Meter lange Höhle zwei Ausgänge aufweist. Aus der Eishöhle versorgten die Söhne die Gäste regelmässig mit Eis für den Appenzeller Alpenbitter. Die kleinen Höhlen bedeuteten Abenteuer, und wo die Kinder hineinkriechen konnten, entdeckten sie neue Welten.

Manchmal nahmen sie ein Seil zu Hilfe, um tiefer unter die Erde zu gelangen. Die Mutter stellte nur eine Regel auf: «Geht immer mindestens zu zweit hinein.»

Die Abenteuerlust haben die Buben von ihren Eltern geerbt. Beide erkunden noch heute die Umgebung. Vater Hanspeter unterstützte den Unternehmungsgeist seiner Kinder, indem er eine Seilrutsche einrichtete, an der die Söhne ein Stück weit den Abhang hinuntersausen konnten. Elias kramt ein altes Malbuch hervor, das die Jungs zum Skizzieren verwendeten. Darin finden sich verschiedene gezeichnete Kampfszenen, Bandennamen und Rezepte für Cocktails. Das Leben auf der Tierwis war für die Söhne aber nicht nur von Vergnügen geprägt, sondern auch von Arbeit. Wie in vielen Familienbetrieben üblich, halfen sie von klein auf mit und wurden zum Servieren, Waschen und Aufräumen eingespannt.

Als die Schoops die Tierwis übernahmen, beliessen sie das meiste, wie es war. «Einzig die Wolldecken ersetzte ich durch Duvets.» Der Umschwung und die Gebäude blieben unverändert. Der Familie gefällt die Einfachheit der Hütte, das Ursprüngliche, Traditionelle. Deshalb holte sie zahlreiche alte Lampen oder Bilder hervor, die in Kisten im Haus ver-

In der Karstlandschaft rund um die Tierwis befinden sich viele Höhlen.

Bilder zeigen die Anfänge des Kletterns.
Daneben befindet sich die Süssigkeiten-
und Bastelecke der Familie Schoop.

staubten, und hängte sie auf. Tatsächlich befindet
sich in der Gaststube nun ein Sammelsurium histo-
rischer Bilder und Gegenstände. Postkarten der
Tierwis, teilweise aus dem 19. Jahrhundert, zieren
die Wände. Fotos des Kletterklubs Alpstein, den
Hanspeter präsidiert, bedecken eine Holzfront.
Dort sind die Anfänge des Kletterns festgehalten,
die ein alter Felshaken an der Wand versinnbildlicht.

In einer Halterung an der Wand steht ein Gästebuch. Alte «Fremdenbücher», wie diese früher genannt wurden, bewahren die Schoops im Obergeschoss – für Gäste nicht zugänglich – auf. Die ersten stammen von Anfang des 20. Jahrhunderts. Dabei fallen Einträge des Säntismörders Gregor Anton Kreuzpointer auf, der 1922, im Jahr der Tat, regelmässig in der Tierwis einkehrte und dies vermerkte. Gästebücher dienen also nicht nur als Erinnerung, sondern auch als Informationsquelle. Rettungsorganisationen zum Beispiel nutzen das Hüttenbuch vereinzelt, wenn sie Vermisste suchen.

Die Texte, Skizzen und Malereien, die Gäste hinterlassen, lösen bei Brigitte unterschiedliche Reaktionen aus: Oft lächelt sie, manchmal weint sie, oder sie hält einen Moment inne, um sich an die Situationen zu erinnern. Eine Geschichte, die ein Gästepaar vor ein paar Jahren im Buch hinterliess, berührt die Wirtin besonders stark. Sie blättert zu einer Seite mit einem vergleichsweise langen Text. «Dieses Paar übernachtete in der Tierwis. Es wirkte zufrieden, sprach aber kaum ein Wort miteinander.» Sie erinnert sich an einen ruhigen Abend mit nur wenigen Gästen, deshalb wuschen Brigitte, Sohn Kostas und Neffe Lars von Hand ab, um Strom zu sparen. Dazu spielten sie laut Volksmusik ab und sangen mit, wie sie es häufig beim Abwaschen tun. Als Brigitte Geschirr in der Gaststube verstaute, sah sie, dass beide Tränen in den Augen hatten. Zuerst dachte die Wirtin, sie habe etwas falsch gemacht, fragte, ob sie etwas für sie tun könne. Das Paar schüttelte

den Kopf, und ein Strahlen breitete sich auf ihren Gesichtern aus: «Es ist so schön hier. Wir geniessen es unglaublich.» So stellten sich die Tränen als Freudentränen heraus. Und der Mann und die Frau begannen, miteinander zu sprechen, und verbrachten einen wunderschönen zweisamen Abend. Am nächsten Tag entdeckte Brigitte im Gästebuch den Eintrag. Darin offenbarten die beiden, dass sie ihre Tochter verloren hatten; sie war ein paar Jahre zuvor im Bodensee verschwunden. Vor ihrem Tod hatten die Eltern mit ihr im Alpstein eine Wanderung unternommen. Während des Ausflugs hatte ihnen jemand von der Tierwis erzählt. Die Tochter hatte unbedingt mit ihren Eltern im Jahr des Unglücks die Tierwis besuchen wollen. Dazu war es aber nicht mehr gekommen. Der Besuch bildete für die Eltern deshalb ein Gedenktag. In ihrem Geiste sei die Tochter die ganze Zeit über präsent gewesen, schrieben sie ins Gästebuch.

In den Gästebüchern befinden sich kleine Kunstwerke.

Unmittelbar vor dem Fenster tauchen Steinböcke auf.

Steinböcke vor der Haustür

Brigitte legt die Gästebücher beiseite, verzieht sich in die Küche. Die Wolken werden dichter, verschlingen die Sonne, die bis zum Untergehen nicht mehr auftaucht. Plötzlich erscheinen Steinböcke vor dem Fenster.

Die Hausherrin wirkt unbeeindruckt. «Fast jeden Abend halten sich Böcke und Geissen auf der Terrasse auf.» Sie greift nach einer Packung Salz und schüttet einen Teil davon draussen auf die Steine. Weitere Tiere kommen näher. Die deutsche Touristin zückt ihr Handy und fotografiert. Viele der Steinböcke sind alt. Das sei an den Rillen der Hörner zu erkennen, erklärt Elias, dessen Freund gerade die Jagdprüfung absolviert. Jede Rille steht für ein Jahr. «Dieser dort ist ungefähr zehn Jahre alt.» Der junge Mann deutet auf einen Bock mit besonders grossem Gehörn. Bis zu 16 Jahre alt können Steinböcke werden.

Kaum haben die Männchen das Salz von den Felsblöcken geleckt, nähern sich Geissen mit sechs Jungtieren. In der Ferne ist auszumachen, wie ungefähr zehn Weibchen die Karstlandschaft zwischen Säntis und Tierwis überqueren. Die Kleinen wirken ungestüm, springen sich gegenseitig an, stossen im spielerischen Kampf die Köpfe gegeneinander.

Die Herde wagt sich bis auf den Vorplatz der Hütte. Brigitte streut erneut Salz. Sie müsse aber aufpassen, dass sie noch genug zum Kochen übrig habe,

Brigitte Schoop verteilt etwas Salz auf dem Felsen.

↖ Durch das Küchenfenster beobachtet
die Wirtin die Steinböcke.

↑ Weibchen mit Jungtieren
suchen das Salz auf dem Felsen.

← Immer mehr Tiere nähern sich
der Hütte.

Die Jungen wirken ungestüm.

sagt sie. Noch lange sind die Tiere durch die Fenster der Tierwis zu beobachten. Bis ihre Hörner in der Dämmerung verschwinden. «Die Tiere tauchen immer dann auf, wenn wenig Menschen unterwegs sind», ruft die Wirtin aus der Küche.

Auch Murmeltiere tummeln sich in der Gegend, und dann und wann spaziert ein Schneehuhn vorbei. Bis 2023 nahmen die Schoops auch ihre Appenzeller Spitzhaubenhühner mit auf die Tierwis. Diese durften sich frei bewegen und lieferten Frühstückseier. Doch dann wurden sie im Tal vom Fuchs geholt. Deshalb leisten ihr in dieser Saison nur die zwei

Elias Schoop streichelt eine der Hauskatzen.

Katzen Mammut und Salewa Gesellschaft. Die beiden gehören seit Beginn zur Hüttenmannschaft. Brigitte wollte sie nicht allein in Urnäsch lassen und kann sie hier oben gut gebrauchen. In der Hütte wimmelt es von Mäusen.

Unweit des Gasthauses weiden Schafe. Auf der Tierwis befindet sich eine unbeaufsichtigte Schafalp. Ab und zu überquert Brigitte den Hang zur Weide und schaut nach dem Rechten. Die Tiere sind unterhalb des Grenzchopfs unterwegs.

Der Grenzchopf trägt seinen Namen aufgrund der Kantonsgrenze, die auf dem Grat verläuft. «Die

Tierwis befindet sich sowohl auf Wildhauser als auch auf Hundwiler Gebiet. Steuertechnisch gehört die Hütte zur Gemeinde Wildhaus, und wir befolgen St. Galler Regeln.» Deshalb haben Brigitte und Hanspeter die Toggenburger Schreibweise «Tierwis» übernommen, obwohl der Ort in vielen Überlieferungen mit «ie», also «Tierwies» oder «Thierwies», geschrieben wird.

Hanspeter leitet diese Woche einen Gebirgskurs des Militärs in Andermatt. Anschliessend führt er mehrere Touren im Wallis durch. Im Sommer ist der Bergführer selten auf der Tierwis. Brigitte weiss, dass sie nicht auf ihn Rücksicht nehmen muss. Wenn das Wetter stimmt, hat auch er Hochsaison. Es komme aber ab und zu vor, dass er für Touren in der Umgebung in der Hütte übernachte. «Manchmal treffen wir uns spontan zu Hause in Urnäsch.» Wenn Brigitte im Oktober die Hütte räumt, hat ihr Ehemann oft noch Sitzungen, da er Vorstandsmitglied in mehreren Bergverbänden ist. Im Dezember beginnt für ihn die Chlausenzeit, mit dem Neuen und Alten Silvester als höchste Feiertage. Ab Januar startet für den 59-Jährigen bereits die Skitourensaison.

Trotz hoher Belastung finden die Schoops immer wieder Zeit für sich und für gemeinsame Ausflüge. Brigitte begleitet ihren Mann manchmal auf Skitouren, oder die beiden gönnen sich bewusst gemeinsame Freitage. Zwischen 2009 und 2017 war Brigitte

Unweit der Tierwis weiden Schafe, nach denen Brigitte Schoop ab und zu schaut.

als technische Leiterin des Skilifts Urnäsch eingespannt. Seither nutzt sie den Winter, um sich von
den 12- bis 18-Stunden-Tagen zu erholen, die sie in
den Sommermonaten leistet. Seit ein paar Jahren
prägt eine weitere Rolle ihren Winter. Sie hütet regelmässig ihre drei- und einjährigen Enkelkinder.
Das dreijährige Mädchen hat mit ihrem Grosi diesen Winter so gut Skifahren gelernt, dass es bereits
die Abfahrt von Stütze 2 bis zur Tierwis mit Hilfe
meistert. «Die beiden Grosskinder sind sehr gern
hier oben. Die Ältere fragt immer, wann sie mich
wieder besuchen könne.» Sie sind die Kinder ihres
ältesten Sohns Kostas.

Auf der Tierwis fanden schon verschiedene An-
lässe, darunter auch Eheschliessungen, statt. Bereits
zweimal wurden in der Hütte Hochzeiten gefeiert.
Vergangenes Jahr lud ein guter Freund der Familie
zu seiner Vermählung ein. Brigitte, ihr Neffe Lars
und der Angestellte Clemens bedienten chic geklei-
det die Gäste. Diese kamen mit der Bahn bis zur
Stütze 2 und stiegen von dort zur Tierwis ab. Auch
die Braut in Weiss. Ein paar Jahre zuvor lief bei einem Essen nach einer zivilen Hochzeit nicht alles
rund. Die Torte sollte mit der Materialseilbahn
transportiert werden. Doch genau an diesem Tag
gab die Bahn den Geist auf. Brigitte eilte hinunter,

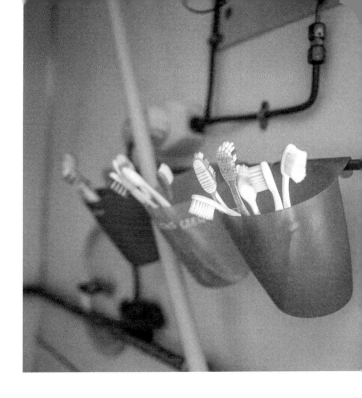

um die Torte mit der Säntisbahn hochzubringen. Doch wegen eines Sturms hatte diese den Betrieb eingestellt. Brigitte machte sich deshalb von der Schwägalp mit der Torte zu Fuss Richtung Tierwis auf. Kaum angekommen, begann es heftig zu regnen. Die Torte war zwar in Sicherheit, aber die ganze Gesellschaft, die wegen des Sturms und Gewitters ebenfalls zu Fuss unterwegs war, erreichte die Tierwis völlig durchnässt. Die Schoops mussten alle zuerst neu einkleiden.

Hüttengeschichten

Die deutsche Touristin hat sich nach dem Nacht-
essen in eine Ecke zurückgezogen. Draussen pfeift
der Wind. Elias holt die Fahne von der Stange, verstaut sie im Schopf. Dann hilft er seiner Mutter beim
Abwaschen. Das Geschirr türmt sich auf den wenigen Ablageflächen. Vieles stammt noch vom Nachmittag. Elias verbindet sein Handy mit den Boxen,
lässt Volksmusik laufen. «Wilti-Gruess» heisse die
Gruppe aus Nidwalden, die bekannte Volkslieder
mit Schwyzerörgeli und Gesang covert. «Alperose,
sy das gsy denn», singt der Junior lauthals mit. Der

Der Gast geniesst den ruhigen Abend
im Kerzenschein.

Dachdecker hört nur diese Art von Musik, auch auf der Baustelle. Die Frau in der Ecke hebt im Kerzenschein den Kopf, schaut in Richtung des kleinen Fensters, das einen Einblick in die Küche gewährt, und lächelt. Beim zweiten Refrain von Polo Hofers Hit setzt auch Brigitte ein, und die beiden trällern vor sich hin.

Das Abwaschen ist ein effizienter Prozess, die jahrelange Erfahrung offensichtlich. In Windeseile haben Mutter und Sohn den ganzen Geschirrstapel gewaschen und verstaut.

Die Küche dient der Familie Schoop
zugleich als Stube.

DER SINN DES
LEBENS IST

leben.

DAS WAR'S!

← Elias Schoop lässt es sich nicht nehmen,
beim Abwaschen laut Musik abzuspielen
und mitzusingen.

← Brigitte und Elias Schoop sind
ein eingespieltes Team.

✓ Auch Büroarbeiten werden in der
Küche erledigt.

Wenn Brigitte allein ist, hört sie lieber Musik aus den 1980er- oder 1990er-Jahren. Alle hätten hier ihren eigenen Abwaschmusikgeschmack. Die fröhliche Musik und der Kerzenschein verbreiten eine gute Stimmung bei den Anwesenden und lassen das aufkommende Gewitter in Vergessenheit geraten. Zumindest bis zur Nachtruhe.

Der nächste Morgen nach einer stürmischen Nacht. Starke Böen brachten das Haus zum Beben. Der Regen schlug hart gegen die Fenster. «Sogar ich bin wach geworden, weil die Wände zitterten.» Brigitte ist gerade dabei, das Frühstück vorzubereiten. Draussen versperrt Nebel die Aussicht zum Boden- und Zürichsee. Leichter Nieselregen verstärkt das trübe Bild. Trotz schlechten Wetters betreten kurz nach sieben Uhr die ersten Gäste die Hütte. Sie wechseln die von Schweiss und Regen durchnässte Kleidung, bestellen Tee und Kaffee, warten auf bessere Verhältnisse. Zwei bis drei Tische sind an diesem Mittwochmorgen in der Tierwis dauerbesetzt.

Einzelne Gäste sind unsicher, ob sie den Weg zum Gipfel bei diesen trüben Aussichten wagen sollen. Sie befürchten, auch auf dem Säntis nur an eine Nebelwand zu starren. Die meisten sind gut ausgerüstet. Das sei nicht immer so, wie Brigitte schon wiederholt erlebt hat. Einmal traf sie auf der Himmelsleiter, dem letzten steilen Anstieg auf den Säntis über Eisensprossen in der Felswand, auf eine Familie mit zwei Kindern. Der Vater trug Sandalen, die Kinder Turnschuhe, die Mutter konnte sich kaum auf der Leiter bewegen. Es war Oktober, der erste Schnee gefallen, die Himmelsleiter vereist, die Tritte glatt. Der Vater hatte mit sich selbst zu kämpfen und versuchte gleichzeitig, die etwa siebenjährigen Töchter mit ihren Hello-Kitty-Rucksäcken hinunterzuführen. Ihr Ziel war die Schwägalp, wie Brigitte auf Anfrage erfuhr. Es war bereits gegen fünf Uhr abends. «Ich bin etwas laut geworden, sagte, dass es um sieben Uhr dunkel werde, was sie sich denken würden. Der Weg sei steil, lang, und es liege überall Schnee.» Der Vater erwiderte, er sei schon einmal zum Seealpsee hochgelaufen und bei der Rega versichert. Da antwortete Brigitte in bestimmtem Ton: «Wenn ihr jetzt weiter geht, seid ihr lebensmüde.» Die Familie hörte auf die erfahrene Berggängerin

Viele Gäste wärmen sich mit Speisen und Getränken auf.

und stieg zurück zum Säntisgebäude hoch, um von dort die Bahn zu nehmen. «Wenn ich sehe, dass Menschen fahrlässig handeln, es gefährlich wird, rate ich ihnen, umzukehren. Vor allem wenn Kinder involviert sind.» Die Schoops haben schon mehrere Regaeinsätze erlebt. In der Regel seien es Übermüdung oder Überforderung, die zu Rettungsaktionen führten. Brigitte musste selbst schon mehrmals die Bergrettung alarmieren.

Ein Abend bleibt ihr in Erinnerung, an dem gleich mehrere unglückliche Ereignisse zusammentrafen. Ein Journalist besuchte für einen Bericht über die Himmelsleiter die Tierwis. Brigitte war gerade dabei, das Essen zu servieren – sie hatte an jenem Abend viele Gäste –, da meldete einer, dass die Toilette überlaufe. Urin und Kot werden auf der Tierwis in einem «Bschötti»-Kasten gesammelt. Wenn er voll ist, wird er ausgepumpt und der Inhalt über ein Rohr fernab des Wanderwegs ausgeschüttet. Diese Art von Düngen praktiziert die Familie seit Jahren, und sie besitzt eine entsprechende Bewilligung. Brigitte beauftragte an jenem Abend also zwei ihrer Kinder damit, das Fass zu leeren. Der

Journalist liess sich das nicht entgehen und beobachtete, wie die Fäkalien über das Rohr die Säntiswand hinunterrannen. Während Brigitte in der Küche hantierte, klingelte ihr Telefon. Eine Freundin war Richtung Grenzchopf in Not geraten und kam weder vorwärts noch rückwärts. Sie beruhigte sie, riet ihr, sich nicht zu bewegen, packte ein Seil und eilte Richtung Silberplatten. Zuvor holte sie ihre Söhne von den Toiletten zurück und beauftragte sie mit Küchenarbeiten. Brigitte gelang es, ihre Freundin zurück zur Hütte zu führen, wo sie bereits ein Glas Schnaps erwartete. Drei Tage später erschien in der Zeitung ein Artikel über Fäkalien, eine gerettete Frau und Schnaps.

Solche turbulenten Abende seien selten, kämen aber mindestens einmal pro Saison vor. Dann ist Brigitte froh, helfende Hände um sich zu haben. Gerade ist Sohn Elias damit beschäftigt, Kartoffeln zu schälen. Ein Tagesgast hat Rösti mit Speck bestellt. Grüne Rösti, so wird das Gericht im Appenzellerland genannt, wenn es aus rohen Kartoffeln hergestellt wird. Die Menükarte ist in Appenzeller Dialekt gehalten. Die deutsche Touristin hat Mühe, die Speisen zu entziffern, schafft es aber, eine Gemüsesuppe zu bestellen. Zur Stärkung vor dem Aufstieg. Sie hat vor, über den Säntis zum Seealpsee zu gelangen, dort zu übernachten und dann weiter bis zum Schäfler zu wandern. Aktuell ist ihr aber noch nicht danach, die warme Umgebung zu verlassen. Noch immer hängt dichter Nebel über dem Säntis. Lieber unterhält sie sich mit der Wirtin. Brigitte beherbergt unterschied-

Fäkalien werden auf der Tierwis in
einem «Bschötti»-Kasten gesammelt.

liche Gäste. Meist seien es freundliche, interessierte
und spannende Persönlichkeiten. Es gebe aber auch
suspekte Figuren. Ist sie an solchen Tagen allein in
der Hütte, quartiert sie diese gern in einem Nebengebäude ein.

Bei der Eingangstür wird eine zusätzliche Tür
angebracht, um die Hütte winterfest zu machen.

Saisonende

Brigitte und Clemens bleiben ungefähr bis Mitte Oktober auf der Tierwis. Dann rüsten sie die Hütte für den Winter. Dabei räumen sie die Tische in die Scheune, demontieren die Geländer und Wegweiser, nehmen die Wäscheleine herunter, leeren die Tanks. «Wir achten darauf, dass kein Wasser mehr in den Behältern liegt, da dieses sonst gefrieren und die Becken bersten könnten.» Die Bettdecken verstaut Brigitte im Haupthaus, verderbliche Lebensmittel packt sie ein. So wie das Gästebuch, um die Einträge zu Hause in Ruhe studieren zu können. Zum Schluss bringt das Team zusätzliche Türen am Eingang an, um diesen vor dem Schnee zu schützen.

Auf dem Weg ins Tal sammeln Brigitte und die freiwilligen Helferinnen und Helfer Wanderwegschilder ein, entfernen Ketten und Sicherungen und stellen eine Tafel auf. Darauf steht, dass zwischen Oktober und Juni keine Weginstallationen bestehen und der Weg mehrheitlich schneebedeckt ist. Eine alpine Ausrüstung sei erforderlich.

Die Familie besucht die Hütte manchmal selbst auf Skitouren, um nach dem Rechten zu sehen. Laufend erreichen sie Handyfotos oder Videos von Personen, die auf der Säntisabfahrt an der Tierwis vorbeifahren. So bleiben die Schoops auf dem Laufenden. Brigitte bezeichnet die Tierwis als ihr Sommerzuhause, das Haus in Urnäsch als Winterstation. Sie fühle sich an beiden Orten daheim. Ans Aufhören

denkt die 55-Jährige nicht, und dennoch habe sie ihr Neffe schon gefragt, was sie denn in zehn Jahren tue. «Lars hat Interesse daran, die Hütte weiterzuführen, und auch andere Familienangehörige sind nicht abgeneigt. Es ist schön zu sehen, dass eine Nachfolgelösung vorhanden ist und die Tierwis eine Zukunft hat.»

Doch mit ihrem Abgang will sie sich noch nicht beschäftigen. Sie lebt lieber im Jetzt, spontan, plant nicht gern, sondern reagiert. Mit dieser Art prägt Brigitte seit 2009 die Tierwis, bringt Charme auf den Berg, belebt mit ihrer Leidenschaft die kleine Hütte auf der Krete zwischen dem Toggenburg und dem Appenzellerland. Die Tierwis, die so nahe am Abgrund steht und doch nicht hinunterstürzt, weil sie von vielen Fäden zurückgehalten wird. Von einer Familie und einem Netzwerk aus Bergwirtinnen und Bergwirten, die alle dieselbe Leidenschaft leben, das Wirten im Herzen tragen und den Alpstein zu dem machen, was er ist.

Das Berggasthaus Tierwis
im Schnee im September 2024.

Die Autorin

Lara Abderhalden, 1991, stieg über das Radio in den Journalismus ein. Während rund neun Jahren war sie Redaktorin beim Radio FM1 und FM1Today. Zuvor studierte sie Journalismus und Kommunikation in Winterthur und schrieb für das Toggenburger Tagblatt und den Zürcher Oberländer. Ihre aktuelle Aufgabe sind Geschichten in Wort und Bild für das Ebnat-Kappler Mosaik, das Toggenburger Magazin und das Appenzeller Magazin.

© 2024 by Appenzeller Verlag, CH-9103 Schwellbrunn

Alle Rechte der Verbreitung, auch durch Film, Radio und Fernsehen, fotomechanische Wiedergabe, Tonträger, elektronische Datenträger und auszugsweisen Nachdruck, sind vorbehalten.

Gestaltung: Brigitte Knöpfel
Bilder: Andreas Butz
Bilder Seite 26, 31, 33: Bergwirteverein Alpstein
Gesetzt in Minion Pro Regular und Gotham Narrow
Herstellung: Verlagshaus Schwellbrunn
ISBN 978-3-85882-893-4
www.appenzellerverlag.ch